Todos los libros de Linkgua Ediciones cuentan con modelos de Inteligencia Artificial entrenados por hispanistas. Pregúntale al chat de tu libro lo que desees acerca de la obra o su autor/a.

Para **ebooks**: Accede a nuestro modelo de IA a través de este enlace.

Para **libros impresos**: Escanea el código QR de la portada con tu dispositivo móvil.

Obtén análisis detallados de nuestros libros, resúmenes, respuestas a tus preguntas y accede a nuestras ediciones críticas generativas para una experiencia de lectura más enriquecedora.
La transparencia y el respeto hacia la autoría de las fuentes utilizadas son distintivos básicos de nuestro proyecto. Por ello, las respuestas ofrecen, mediante un sistema de citas, las fuentes con las que han sido elaboradas.

Francisco de Quevedo y Villegas

El mundo por de dentro

Barcelona 2024
Linkgua-ediciones.com

Créditos

Título original: El mundo por dentro.

© 2024, Red ediciones S.L.

e-mail: info@linkgua-ediciones.com

Diseño de cubierta: Michel Mallard.

ISBN rústica ilustrada: 978-84-9816-739-9.
ISBN ebook: 978-84-9897-766-0.

Cualquier forma de reproducción, distribución, comunicación pública o transformación de esta obra solo puede ser realizada con la autorización de sus titulares, salvo excepción prevista por la ley. Diríjase a CEDRO (Centro Español de Derechos Reprográficos, www.cedro.org) si necesita fotocopiar, escanear o hacer copias digitales de algún fragmento de esta obra.

Sumario

Brevísima presentación

La vida

Francisco de Quevedo y Villegas (Madrid, 1580-Villanueva de los Infantes, Ciudad Real, 1645). España.

Hijo de Pedro Gómez de Quevedo, noble y secretario de una hija de Carlos V y de la reina Ana de Austria. Francisco de Quevedo estudió con los jesuitas en Madrid, y luego en las universidades de Alcalá (lenguas clásicas y modernas) y Valladolid (teología). Tras su regreso a Madrid tuvo la protección del duque de Osuna, con quien viajó a Sicilia en 1613.

Osuna fue nombrado virrey de Nápoles y Quevedo ocupó su secretaría de hacienda y participó en misiones políticas contra Venecia promovidas por su protector. Cuando éste cayó en desgracia Quevedo sufrió destierro y prisión, pero regresó a la corte tras la muerte de Felipe III. Durante años tuvo buenas relaciones con Felipe IV, aunque no consiguió ganarse la simpatía de su favorito, el conde-duque de Olivares. Se especula que dejó bajo la servilleta del monarca el memorial contra Olivares titulado «Católica, sacra, real Majestad», lo que motivó su detención en 1639. Se cree, en cambio, que terminó en un calabozo del convento de San Marcos de León, donde estuvo hasta 1643, víctima de una conspiración.

Murió en Villanueva de los Infantes.

Los sueños, obras satiricómicas, compuestas entre 1606 y 1623, son narraciones de inspiración Lucianesca donde se pasa revista a diversas costumbres, oficios y personajes populares de su época. Estos son *El sueño del juicio final, El alguacil endemoniado, El sueño del infierno, El mundo por dentro* y *El Sueño de la muerte*, conocido también como la visita de los chistes. En los Sueños, Quevedo hace una sátira de las distintas profesiones o estados sociales: Juristas, médicos, carniceros, hidalgos, poetas, astrólogos, para terminar hablando de los malos practicantes de las distintas religiones. Entran entonces en escena Mahoma, Lutero y Judas.

El mundo por dentro

A don Pedro Girón, duque de Osuna

Estas son mis obras: claro está que juzgará V. Excelencia que siendo tales no me han de llevar al cielo; mas como yo no pretenda dellas más de que en este mundo me den nombre, y el que más estimo es de criado de V. Excelencia, se las invío para que, como tan gran príncipe, las honre; lograrán de paso la enmienda. Dé Dios a V.

Excelencia su gracia y salud, que lo demás merecido lo tiene al mundo su virtud y grandeza. En la aldea, abril 26 de 1612.

Don Francisco Quevedo Villegas.

Al lector, como Dios me lo deparare, cándido o purpúreo, pío o cruel, benigno o sin sarna

Es cosa averiguada, así lo siente Metrodoro Chío y otros muchos, que no se sabe nada, y que todos son ignorantes, y aun esto no se sabe de cierto, que a saberse ya se supiera algo; sospéchase.

Dícelo así el doctísimo Francisco Sánchez, médico y filósofo, en su libro cuyo título es Nihil Scitur, no se sabe nada. En el mundo hay algunos que no saben nada y estudian para saber, y estos tienen buenos deseos y vano ejercicio, porque al cabo solo les sirve el estudio de conocer cómo toda la verdad la quedan ignorando. Otros hay que no saben nada y no estudian porque piensan que lo saben todo; son destos muchos irremediables; a estos se les ha de invidiar el ocio y la satisfacción y llorarles el seso. Otros hay que no saben nada y dicen que no saben nada porque piensan que saben algo de verdad, pues lo es que no saben nada, y a estos se les había de castigar la hipocresía con creerles la confesión.

Otros hay, y en estos, que son los peores, entro yo, que no saben nada, ni quieren saber nada, ni creen que se sepa nada y dicen de todos que no saben nada y todos dicen dellos lo mismo y nadie miente. Y como gente que en cosas de letras y sciencias no tiene que perder tampoco, se atreven a imprimir y sacar a luz todo cuanto sueñan. Estos dan qué hacer a las emprentas, sustentan a los libreros, gastan a los curiosos, y al cabo sirven a las especierías. Yo pues, como uno destos, y no de los peores ignorantes, no contento con haber soñado el Juicio ni haber endemoniado un alguacil, y últimamente escrito El infierno, agora salgo sin ton y sin son (pero no importa, que esto no es bailar) con El mundo por de dentro. Si te agradare y pareciere bien agradécelo a lo poco que sabes, pues de tan mala cosa te contentas; y si te pareciere malo, culpa mi ignorancia en escribirlo y la tuya en esperar otra cosa de mí. Dios te libre, lector, de prólogos largos y de malos epítetos.

Discurso

Es nuestro deseo siempre peregrino en las cosas desta vida, y así, con vana solicitud anda de unas en otras sin saber hallar patria ni descanso; aliméntase de la variedad y diviértese con ella; tiene por ejercicio el apetito, y este nace de la ignorancia de las cosas, pues si las conociera cuando cudicioso y desalentado las busca, así las aborreciera como cuando arrepentido las desprecia. Y es de considerar la fuerza grande que tiene, pues promete y persuade tanta hermosura en los deleites y gustos, lo cual dura solo en la pretensión de ellos, porque en llegando cualquiera a ser poseedor es juntamente descontento. El mundo, que a nuestro deseo sabe la condición, para lisonjearla, pónese delante mudable y vario, porque la novedad y diferencia es el afeite con que más nos atrae. Con esto acaricia nuestros deseos, llévalos tras sí, y ellos a nosotros. Sea por todas las experiencias mi succeso, pues cuando más apurado me había de tener el conocimiento destas cosas, me hallé todo en poder de la confusión, poseído de la vanidad de tal manera que en la gran población del mundo, perdido ya, corría donde tras la hermosura me llevaban los ojos y adonde tras la conversación los amigos, de una calle en otra, hecho fábula de todos; y en lugar de desear salida al labirinto, procuraba que se me alargase el engaño. Ya por la calle de la ira descompuesto seguía las pendencias pisando sangre y heridas; ya por la de la gula veía responder a los brindis turbados. Al fin, de una calle en otra andaba (siendo infinitas) de tal manera confuso que la admiración aun no dejaba sentido para el cansancio, cuando, llamado de voces descompuestas y tirado porfiadamente del manteo, volví la cabeza. Era un viejo venerable en sus canas, maltratado, roto por mil partes el vestido y pisado; no por eso ridículo, antes severo y digno de respeto.

—¿Quién eres —dije—, que así te confiesas envidioso de mis gustos?

Déjame, que siempre los ancianos aborrecéis en los mozos los placeres y deleites, no que dejáis de vuestra voluntad, sino que por fuerza os quita el tiempo. Tú vas, yo vengo: déjame gozar y ver el mundo.

Desmintiendo sus sentimientos, riéndose, dijo:

—Ni te estorbo ni te invidio lo que deseo, antes te tengo lástima.

¿Tú por ventura sabes lo que vale un día? ¿Entiendes de cuánto precio es una hora? ¿Has examinado el valor del tiempo? Cierto es que no, pues así, alegre, le dejas pasar hurtado de la hora que fugitiva y secreta te lleva preciosísimo robo. ¿Quién te ha dicho que lo que ya fue volverá cuando lo hayas menester si le llamares?

Dime ¿has visto algunas pisadas de los días? No por cierto, que ellos solo vuelven la cabeza a reírse y burlarse de los que así los dejaron pasar. Sábete que la muerte y ellos están eslabonados y en una cadena, y que cuando más caminan los días que van delante de ti, tiran hacia ti y te acercan a la muerte, que quizá la aguardas y es ya llegada, y según vives, antes será pasada que creída. Por necio tengo al que toda la vida se muere de miedo que se ha de morir y por malo al que vive tan sin miedo della como si no la hubiese, que este lo viene a temer cuando lo padece, y embarazado con el temor, ni halla remedio a la vida ni consuelo a su fin.

Cuerdo es solo el que vive cada día como quien cada día y cada hora puede morir.

—Eficaces palabras tienes, buen viejo. Traído me has el alma a mí, que me la llevaban embelesada vanos deseos. ¿Quién eres, de dónde, y qué haces por aquí?

—Mi hábito y traje dice que soy hombre de bien y amigo de decir verdades, en lo roto y poco medrado; y lo peor que tu vida tiene es no haberme visto la cara hasta ahora. Yo soy el Desengaño; estos rasgones de la ropa son de los tirones que dan de mí los que dicen en el mundo que me quieren, y estos cardenales del rostro, estos golpes y coces me dan en llegando, porque vine y porque me vaya, que en el mundo todos decís que queréis desengaño, y en teniéndole, unos os desesperáis, otros maldecís a quien os le dio, y los más corteses no le creéis. Si tú quieres, hijo, ver el mundo, ven conmigo, que yo te llevaré a la calle mayor, que es a donde salen todas las figuras, y allí verás juntos los que por aquí van divididos sin cansarte; yo te enseñaré el mundo como es, que tú no alcanzas a ver sino lo que parece.

—¿Y cómo se llama —dije yo— la calle mayor del mundo, donde hemos de ir?

—Llámase —respondió— Hipocresía, calle que empieza con el mundo y se acabará con él; y no hay nadie casi que no tenga, si no una casa, un cuarto o un aposento en ella. Unos son vecinos y otros paseantes, que hay muchas diferencias de hipócritas, y todos cuantos ves por ahí lo son. ¿Y ves aquel que gana de comer como sastre y se viste como hidalgo? Es hipócrita, y el día de fiesta, con el raso y el terciopelo y el cintillo y la cadena de oro, se desfigura de suerte que no le conocerán las tijeras y agujas y jabón, y parece tan poco a sastre, que aun parece que dice verdad.

¿Ves aquel hidalgo con aquel que es como caballero? Pues debiendo medirse con su hacienda ir solo, por ser hipócrita y parecer lo que no es, se va metiendo a caballero, y por sustentar un lacayo, ni sustenta lo que dice ni lo que hace, pues ni lo cumple ni lo paga, y la hidalguía y la ejecutoria le sirve solo de pontífice en dispensarle los casamientos que hace con sus deudas, que está más casado con ellas que con su mujer. Aquel caballero, por ser señoría no hay diligencia que no haga, y ha procurado hacerse Venecia, por ser señoría; sino que como se fundó en el viento, para serlo se había de fundar en el agua. Sustenta, por parecer señor, caza de halcones, que lo primero que matan es a su amo de hambre con la costa, y luego el rocín en que los llevan, y después, cuando mucho, una graja o un milano. Y ninguno es lo que parece. El señor, por tener actiones de grande se empeña, y el grande remeda cosas de rey. ¿Pues qué diré de los discretos? ¿Ves aquel aciago de cara?

Pues siendo un mentecato, por parecer discreto y ser tenido por tal, se alaba de que tiene poca memoria, quéjase de melancolías, vive descontento y préciase de mal regido, y es hipócrita, que parece entendido y es mentecato. ¿No ves los viejos hipócritas de barbas, con las canas envainadas en tinta, querer en todo parecer muchachos? ¿No ves a los niños preciarse de dar consejos y presumir de cuerdos? Pues todo es hipocresía. Pues en los nombres de las cosas ¿no la hay la mayor del mundo? El zapatero de viejo se llama entretenedor del calzado; el botero, sastre del vino, que le hace de vestir; el mozo de mulas, gentilhombre de camino; el bodegón, estado, el bodegonero, contador; el verdugo se llama miembro de la justicia y el corchete criado; el fullero, diestro; el ventero, güésped; la taberna, ermita; la putería, casa; las putas, damas; las alcahuetas, dueñas; los cornudos, honrados. Amistad llaman el mancebamiento, trato a la usura, burla a la estafa, gracia la mentira, donaire la malicia, descuido la bellaquería, valiente al desvergonzado, cortesano al vagamundo, al negro moreno, señor maestro al albardero y señor doctor al platicante. Así que ni son lo que parecen ni lo que se llaman, hipócritas en el nombre y en el hecho. ¿Pues unos nombres que hay generales? A toda pícara, señora hermosa; a todo hábito largo, señor licenciado; a todo gallofero, señor soldado; a todo bien vestido, señor hidalgo; a todo fraile motilón o lo que fuere, reverencia y aun paternidad; a todo escribano, secretario. De suerte que todo el hombre es mentira por cualquier parte que le examinéis, si no es que, ignorante como tú, crea las apariencias. ¿Ves los pecados? Pues todos son hipocresía, y en ella empiezan y acaban, y della nacen y se alimentan la Ira, la Gula, la Soberbia, la Avaricia, la Lujuria, la Pereza, el Homicidio y otros mil.

—¿Cómo me puedes tú decir, ni probarlo, si vemos que son diferentes y distinctos?

—No me espanto que eso ignores, que lo saben pocos. Oye y entenderás con facilidad eso que así te parece contrario, qué bien se conviene: todos los pecados son malos, eso bien lo confiesas, y también confiesas con los filósofos y teólogos que la voluntad apetece lo malo debajo de razón de bien, y que para pecar no basta la representación de la ira ni el conocimiento de la lujuria, sin el consentimiento de la voluntad, y que eso para que sea pecado no aguarda la ejecución, que solo le agrava más, aunque en esto hay muchas diferencias. Esto así visto y entendido, claro está que cada vez que un pecado destos se hace, que la voluntad lo consiente y le quiere; y según su natural no pudo apetecelle sino debajo de razón de algún bien. ¿Pues hay más clara y más confirmada hipocresía, que vestirse del bien en lo aparente para matar con el engaño? «¿Qué esperanza es la del hipócrita?», dice Job. Ninguna, pues ni la tiene por lo que es, pues es malo, ni por lo que parece, pues lo parece y no lo es. Todos los pecadores tienen menos atrevimiento que el hipócrita, pues ellos pecan contra Dios, pero no con Dios ni en Dios, mas el hipócrita peca contra Dios y con Dios, pues le toma por instrumento para pecar; y por eso, como quien sabía lo que era, y lo aborrecía tanto sobre todas las cosas, Cristo, habiendo dado muchos preceptos afirmativos a sus dicípulos, solo uno les dio negativo, diciendo: «No queráis ser como los hipócritas tristes»; de manera que, con muchos preceptos y comparaciones, les enseñó cómo habían de ser, ya como luz, ya como sal, ya como el convidado, ya como el de los talentos, y lo que no habían de ser, todo lo cerró en decir solamente «No queráis ser como los hipócritas tristes», advirtiendo que en no ser hipócritas está el no ser en ninguna manera malos, porque el hipócrita es malo de todas maneras.

En esto llegamos a la calle mayor; vi todo el concurso que el viejo me había prometido. Tomamos puesto conveniente para registrar lo que pasaba. Fue un entierro en esta forma: venían envainados en unos sayos grandes de diferentes colores unos pícaros, haciendo una taracea de mullidores; pasó esta recua incensando con las campanillas; seguían los muchachos de la doctrina, meninos de la muerte y lacayuelos del ataúd gritando su letanía, luego las órdenes, y tras ellos los clérigos, que galopeando los responsos, cantaban de portante abreviando porque no se derritiesen las velas y tener tiempo para sumir otro. Seguíanse luego doce galloferos hipócritas de la pobreza, con doce hachas, acompañando el cuerpo y abrigando a los de la capacha, que hombreando testificaban el peso de la difunta. Detrás seguía larga procesión de amigos que acompañaban en la tristeza y luto al viudo que, anegado en capuz de bayeta y devanado en una chía, perdido el rostro en la falda de un sombrero de suerte que no se le podían hallar los ojos, corvos e impedidos los pasos con el peso de diez arrobas de cola que arrastraba, iba tardo y perezoso. Lastimado deste espectáculo.

—¡Dichosa mujer —dije—, si lo puede ser alguna en la muerte, pues hallaste marido que pasó con la fe y el amor más allá de la vida y sepultura. Y dichoso viudo que ha hallado tales amigos, que no solo acompañan su sentimiento, pero que parece que le vencen en él. ¿No ves qué tristes van y suspensos?

El viejo, moviendo la cabeza y sonriéndose, dijo:

—¡Desventurado! Eso todo es por fuera, y parece así, pero agora lo verás por de dentro y verás con cuánta verdad el ser desmiente a las aparencias. ¿Ves aquellas luces, campanillas y mullidores, y todo este acompañamiento? ¿Quién no juzgará que los unos alumbran algo y que los otros no es algo lo que acompañan, y que sirve de algo tanto acompañamiento y pompa? Pues sabe que lo que allí va no es nada, porque aun en vida lo era y en muerte dejó ya de ser, y que no le sirve de nada todo; sino que también los muertos tienen su vanidad y los difuntos y difunctas su soberbia. Allí no va sino tierra de menos fruto y más espantosa de la que pisas, por sí no merecedora de alguna honra, ni aun de ser cultivada con arado ni azadón. ¿Ves aquellos viejos que llevan las hachas? Pues no las atizan para que atizadas alumbren más, sino porque atizadas a menudo se derritan más y ellos hurten más cera para vender: estos son los que a la scpultura hacen la salva en el difunto y difunta, pues antes que ella lo coma ni lo pruebe, cada uno le ha dado un bocado, arrancándole un real o dos. ¿Ves la tristeza de los amigos?

Pues todo es de ir en el entierro, y los convidados van dados al diablo con los que los convidaron, que quisieran más pasearse o asistir a sus negocios. Aquel que habla de mano con el otro, le va diciendo que convidar a entierro y a misacantanos, donde se ofrece, que no se puede hacer con un amigo, y que el entierro solo es convite para la tierra, pues a ella solamente llevan que coma. El viudo no va triste del caso y viudez, sino de ver que pudiendo él haber enterrado a su mujer a un muladar y sin coste y fiesta ninguna, le hayan metido en semejante barahúnda y gasto de confadrías y cera, y entre sí dice que le debe poco y que ya que se había de morir pudiera haberse muerto de repente, sin gastarle en médicos, barberos ni boticas, y no dejarle empeñado en jarabes y pócimas. Dos ha enterrado con esta, y es tanto el gusto que recibe de enviudar, que va ya trazando el casamiento con una amiga que ha tenido, y fiado con su mala condición y endemoniada vida, piensa doblar el capuz por poco tiempo.

Quedé espantado de ver todo eso ser así, diciendo:

—¡Qué diferentes son las cosas del mundo de como las vemos! Desde hoy perderán conmigo todo el crédito mis ojos y nada creeré menos de lo que viere.

Pasó por nosotros el entierro como si no hubiera de pasar por nosotros tan brevemente, y como si aquella difunta no nos fuera enseñando el camino y, muda, no nos dijera a todos: «Delante voy donde aguardo a los que quedáis, acompañando a otros, y que yo vi pasar con ese propio descuido».

Apartónos desta consideración el ruido que andaba en una casa a nuestras espaldas; entramos dentro a ver lo que fuese, y al tiempo que sintieron gente, comenzó un plañido a seis voces de mujeres que acompañaban una viuda. Era el llanto muy autorizado pero poco provechoso al difunto; sonaban palmadas de rato en rato, que parecía palmeado de disciplinantes. Oíanse unos sollozos estirados, embutidos de suspiros, pujados por falta de gana. La casa estaba despojada, las paredes desnudas; la cuitada estaba en un aposento escuro, sin luz ninguna, lleno de bayetas, donde lloraban a tiento.

Unas decían: «Amiga, nada se remedia con llorar»; otras: «Sin duda goza de Dios». Cuál la animaba a que se conformase con la voluntad del Señor. Y ella luego comenzaba a soltar el trapo, y llorando a cántaros decía:

—¿Para qué quiero yo vivir sin fulano? ¡Desdichada nací, pues no me queda a quien volver los ojos! ¿Quién ha de amparar a una pobre mujer sola?

Y aquí plañían todas con ella, y andaba una sonadera de narices que se hundía la cuadra. Y entonces advertí que las mujeres se purgan en un pésame destos, pues por los ojos y las narices echan cuanto mal tienen. Enternecíme y dije:

—¡Qué lástima tan bien empleada es la que se tiene a una viuda, pues por sí una mujer es sola, y viuda mucho más! Y así les dio la Sagrada Escritura nombre de mudas sin lengua, que eso significa la voz que dice viuda en hebreo, pues ni tiene quien hable por ella ni atrevimiento, y como se ve sola para hablar, y aunque hable, como no la oyen, lo mesmo es que ser mudas, y peor. Mucho cuidado tuvo Dios dellas en el Testamento Viejo, y en el Nuevo las encomendó mucho por San Pablo: «Cómo el Señor cuida de los solos y mira lo humilde de lo alto»; «No quiero vuestros sábados y festividades —dijo por Isaías—, y el rostro aparto de vuestros inciensos; cansado me tienen vuestros holocaustos, aborresco vuestras calendas y solemnidades; lavaos y estaos limpios, quitad lo malo de vuestros deseos, pues lo veo yo. Dejad de hacer mal, aprended a hacer bien, buscad la justicia, socorred al oprimido, juzgad en su innocencia al huérfano, defended a la viuda». Fue creciendo la oración de una obra buena en otra buena más accepta, y por suma caridad puso el defender la viuda. Y está escrito con la providencia del Espíritu Santo, decir: «Defended a la viuda», porque en siéndolo no se puede defender, como hemos dicho, y todos la persiguen. Y es obra tan accepta a Dios esta, que añade el profeta consecutivamente, diciendo: «Y si lo hiciéredes, venid y argüidme». Y conforme a esta licencia que da Dios de que le arguyan los que hicieren bien y se apartaren del mal, y socorrieren al oprimido y miraren por el huérfano y defendieren la viuda, bien pudo Job argüir a Dios, libre de las calumnias que por argüir con Él le pusieron sus enemigos, llamándole por ello atrevido e impío. Que lo hiciese consta del capítulo 31, donde dice: «¿Negué yo, por ventura, lo que me pedían los pobrecitos? ¿Hice aguardar los ojos de la viuda?», que convienen con lo dicho, como quien dice: ella no puede, porque es muda, con palabras, sino con los ojos, poniendo delante su necesidad. El rigor de la letra hebrea dice:«¿O consumí los ojos de la viuda?», que eso hace el que no se duele de la que lo mira para que le socorra porque no tiene voz para pedirle. Dejadme —dije al viejo— llorar semejante desventura y juntar mis lágrimas a las destas mujeres.

El viejo, algo enojado, dijo:

—¿Agora lloras, después de haber hecho ostentación vana de tus estudios y mostrádote docto y teólogo, cuando era menester mostrarte prudente? ¿No aguardaras a que yo te hubiera declarado estas cosas para ver cómo merecían que se hablase dellas? ¿Mas quién habrá que detenga la sentencia ya imaginada en la boca? No es mucho, que no sabes otra cosa, y que a no ofrecerse la viuda te quedabas con toda tu ciencia en el estómago. No es filósofo el que sabe dónde está el tesoro, sino el que trabaja y le saca. Ni aun ese lo es del todo, sino el que después de poseído usa bien dél.

¿Qué importa que sepas dos chistes y dos lugares si no tienes prudencia para acomodallos? Oye; verás esta viuda, que por defuera tiene un cuerpo de responsos, cómo por de dentro tiene una ánima de aleluyas; las tocas negras y los pensamientos verdes. ¿Ves la escuridad del aposento y el estar cubiertos los rostros con el manto? Pues es porque así, como no las pueden ver, con hablar un poco gangoso, escupir y remedar sollozos, hacen un llanto casero y hechizo, teniendo los ojos hechos una yesca. ¿Quiéreslas consolar?

Pues déjalas solas y bailarán en no habiendo con quien cumplir. Y luego las amigas harán su oficio: «Quedáis moza y es mal lograros, hombres habrá que os estimen, ya sabéis quién es fulano, que cuando no supla la falta del que está en la gloria», etc. Otra: «Mucho debéis a don Pedro, que acudió en este trabajo, no sé qué me sospeche, y en verdad que si hubiera de ser algo, que por quedar tan niña os será forzoso...». Y entonces la viuda, muy recoleta de ojos y muy estreñida de boca, dice: «No es agora tiempo deso; a cargo de Dios está, Él lo hará si viere que conviene». Y advertid que el día de la viudez es el día que más comen estas viudas, porque para animarla no entra ninguna que no le dé un trago, y le hace comer un bocado, y ella lo come diciendo: «Todo se vuelve ponzoña», y medio mascándolo, dice: «¿Qué provecho puede hacer esto a la amarga viuda, que estaba hecha a comer a medias todas las cosas, y con compañía, y agora se las habrá de comer todas enteras, sin dar parte a nadie, de puro desdichada?». Mira, pues, siendo esto así, qué a propósito vienen tus exclamaciones.

Apenas esto dijo el viejo, cuando arrebatados de unos gritos ahogados en vino, de gran ruido de gente, salimos a ver qué fuese, y era un alguacil, el cual con solo un pedazo de vara en la mano y las narices ajadas, deshecho el cuello, sin sombrero y en cuerpo, iba pidiendo «¡Favor al rey! ¡Favor a la justicia!» tras un ladrón que en seguimiento de una iglesia, y no de puro buen cristiano, iba tan ligero como pedía la necesidad y le mandaba el miedo. Atrás, cercado de gente, quedaba el escribano, lleno de lodo, con las cajas en el brazo izquierdo, escribiendo sobre la rodilla. Y noté que no hay cosa que crezca tanto en tan poco tiempo como culpa en poder de escribano, pues en un instante tenía una resma al cabo.

Pregunté la causa del alboroto; dijeron que aquel hombre que huía era amigo del alguacil, y que le fió no sé qué secreto tocante en delicto, y por no dejarlo a otro que lo hiciese, quiso él asirle.

Huyósele después de haberle dado muchas puñadas, y viendo que venía gente encomendóse a sus pies y fuese a dar cuenta de sus negocios a un retablo. El escribano hacía la causa mientras el alguacil con los corchetes (que son podencos del verdugo que siguen ladrando) iban tras él, y no le podían alcanzar. Y debía de ser el ladrón muy ligero, pues no le podían alcanzar soplones, que por fuerza corrían como el viento.

—¿Con qué podrá premiar una república el celo deste alguacil, pues porque yo y el otro tengamos nuestras vidas, honras y haciendas, ha aventurado su persona? Este merece mucho con Dios y con el mundo.

Mírale cuál va roto y herido, llena de la sangre la cara, por alcanzar aquel delincuente y quitar un entropezón a la paz del pueblo.

—¡Basta! —dijo el viejo—, que si no te van a la mano dirás un día entero. Sábete que ese alguacil no sigue a este ladrón, ni procura alcanzalle por el particular y universal provecho de nadie, sino que como ve que aquí le mira todo el mundo, córrese de que haya quien en materia de hurtar le eche el pie delante, y por eso aguija por alcanzalle. Y no es culpable el alguacil porque le prendió, siendo su amigo, si era delincuente, que no hace mal el que come de su hacienda;

antes hace bien y justamente, y todo delincuente y malo, sea quien fuere, es hacienda del alguacil y le es lícito comer della. Estos tienen sus censos sobre azotes y galeras y sus juros sobre la horca. Y créeme que el año de virtudes, para estos y para el infierno es estéril. Y no sé cómo aborreciéndolos el mundo tanto, por vergüenza dellos no da en ser bueno adrede por un año o dos años, que de hambre y de pena se morirían. Y renegad de oficio que tiene situados sus gajes donde los tiene situados Bercebú.

—Ya que en eso pongas también dolo, ¿cómo lo podrás poner en el escribano, que le hace la causa calificada con testigos?

—Ríete deso —dijo—. ¿Has visto tú alguacil sin escribano algún día?

No por cierto, que como ellos salen a buscar de comer, porque, aunque topen un innocente, no vaya a la cárcel sin causa, llevan escribano que se la haga, y así, aunque ellos no den causa para que les prendan, hácesela el escribano, y están presos con causa. Y en los testigos no repares, que para cualquier cosa tendrán tantos como tuviere gotas de tinta el tintero, que los más, en los malos oficiales, los presenta la pluma y los examina la cudicia, y si dicen algunos lo que es verdad, escriben lo que han de menester y repiten lo que dijeron. Y para andar como había de andar el mundo, mejor fuera y más importara que el juramento que ellos toman al testigo, que jure a Dios y a la cruz decir verdad en lo que les fuere preguntado, que el testigo se lo tomara a ellos de que la escribirán como ellos la dijeren. Muchos hay buenos escribanos y alguaciles muchos, pero de sí el oficio es con los buenos como la mar con los muertos, que no los consiente y dentro de tres días los echa a la orilla. Bien me parece a mí un escribano a caballo y un alguacil con capa y gorra honrando unos azotes como pudiera un bautismo, detrás de una sarta de ladrones que azotan; pero siento que cuando el pregonero dice: «A estos hombres, por ladrones», que suena el eco en la vara del alguacil y en la pluma del escribano.

Más dijera si no le tuviera la grandeza con que un hombre rico iba en una carroza, tan hinchado que parecía porfiaba a sacarla de husillo, pretendiendo parecer tan grave, que a las cuatro bestias aun se lo parecía, sigún el espacio con que andaban. Iba muy derecho, preciándose de espetado, escaso de ojos y avariento de miraduras, ahorrando cortesías con todos, sumida la cara en un cuello abierto hacia arriba que parecía vela en papel, y tan olvidado de sus conjunturas que no sabía por dónde volverse a hacer una cortesía ni levantar el brazo a quitarse el sombrero, el cual parecía miembro sigún estaba fijo y firme. Cercaban el coche cantidad de criados traídos con artificio, entretenidos con promesas y sustentados con esperanzas. Otra parte iba de acompañamiento de acreedores, cuyo crédito sustentaba toda aquella máquina. Iba un bufón en el coche entreteniéndole.

—Para ti se hizo el mundo —dije yo luego que le vi—, que tan descuidado vives y con tanto descanso y grandeza. ¡Qué bien empleada hacienda, qué lucida! ¡Y cómo representa bien quién es este caballero!

—Todo cuanto piensas —dijo el viejo— es disparate y mentira cuanto dices; y solo aciertas en decir que el mundo solo se hizo para este, y es verdad, porque el mundo es solo trabajo y vanidad y este es todo vanidad y locura. ¿Ves los caballos? Pues comiendo se van, a vueltas de la cebada y paja, al que la fía a este, y por cortesía de las ejecuciones trae ropilla. Más trabajo le cuesta la fábrica de sus embustes para comer que si lo ganara cavando. ¿Ves aquel bufón? Pues has de advertir que tiene por su bufón al que le sustenta y le da lo que tiene. ¿Qué más miseria quieres destos ricos, que todo el año andan comprando mentiras y adulaciones y gastan sus haciendas en falsos testimonios? Va aquel tan contento porque el truhán le ha dicho que no hay tal príncipe como él y que todos los demás son unos escuderos, como si ello fuera así, y diferencian muy poco, porque el uno es juglar del otro: desta suerte el rico se ríe con el bufón y el bufón se ríe del rico porque hace caso de lo que lisonjea.

Venía una mujer hermosa, trayéndose de paso los ojos que la miraban y dejando los corazones llenos de deseos. Iba ella con artificioso descuido escondiendo el rostro a los que ya le habían visto y descubriéndole a los que estaban divertidos. Tal vez se mostraba por velo, tal vez por tejadillo; ya daba un relámpago de cara con un bamboleo de manto, ya se hacía brújula mostrando un ojo solo, ya tapada de medio lado descubría un tarazón de mejilla. Los cabellos, martirizados, hacían sortijas a las sienes. El rostro era nieve y grana y rosas que se conservaban en amistad esparcidas por labios, cuello y mejillas; los dientes transparentes; y las manos, que de rato en rato nevaban el manto, abrasaban los corazones. El talle y paso ocasionando pensamientos lascivos; tan rica y galana como cargada de joyas recibidas y no compradas. Vila, y arrebatado de la naturaleza, quise seguirla entre los demás, y a no tropezar en las canas del viejo lo hiciera. Volvíme atrás y diciendo:

—Quien no ama con todos sus cinco sentidos una mujer hermosa, no estima a la naturaleza su mayor cuidado y su mayor obra. ¡Dichoso es el que halla tal ocasión y sabio el que la goza! ¿Qué sentido no descansa en la belleza de una mujer que nació para amada del hombre? De todas las cosas del mundo aparta y olvida su amor, correspondiendo, teniéndole todo en poco y tratándole con desprecio. ¡Qué ojos tan hermosos honestamente! ¡Qué mirar tan cauteloso y prevenido en los descuidos de una alma libre! ¡Qué cejas tan negras, esforzando recíprocamente la blancura de la frente! ¡Qué mejillas, donde la sangre mezclada con la leche engendra lo rosado que admira! ¡Qué labios encarnados, guardando perlas que la risa muestra con recato! ¡Qué cuello! ¡Qué manos!

¡Qué talle! Todos son causa de perdición y juntamente disculpa del que se pierde por ella.

—¿Qué más le queda a la edad que decir y al apetito que desear? —dijo el viejo—. Trabajo tienes si con cada cosa que ves haces esto. Triste fue tu vida. No naciste sino para admirado.

Hasta agora te juzgaba por ciego y agora veo que también eres loco.

Y echo de ver que hasta agora no sabes para lo que Dios te dio los ojos ni cuál es su oficio. Ellos han de ver y la razón ha de juzgar y elegir; al revés lo haces, o nada haces, que es peor. Si te andas a creerlos padecerás mil confusiones: tendrás las sierras por azules y lo grande por pequeño, que la longitud y la proximidad engañan la vista. ¡Qué río caudaloso no se burla della, pues para saber hacia dónde corre es menester una paja o ramo que se lo muestre. ¿Viste esa visión que acostándose fea se hizo esta mañana hermosa ella misma y haces extremos grandes? Pues sábete que las mujeres lo primero que se visten en despertándose es una cara, una garganta y unas manos, y luego las sayas. Todo cuanto ves en ella es tienda y no natural. ¿Ves el cabello? Pues comprado es y no criado. Las cejas tienen más de ahumadas que de negras, y si como se hacen cejas se hicieran las narices, no las tuvieran. Los dientes que ves, y la boca, era de puro negra un tintero y a puros polvos se ha hecho salvadera. La cera de los oídos se ha pasado a los labios y cada uno es una candelilla. ¿Las manos, pues? Lo que parece blanco es untado. ¡Qué cosa es ver una mujer que ha de salir otro día a que la vean, echarse la noche antes en adobo y verlas acostar las caras hechas cofines de pasas, y a la mañana irse pintando sobre lo vivo como quieren! ¡Qué es ver una fea o una vieja querer, como el otro tan celebrado nigromántico, salir de nuevo de una redoma! ¿Estáslas mirando? Pues no es cosa suya. Si se lavasen las caras no las conocerías. Y cree que en el mundo no hay cosa tan trabajada como el pellejo de una mujer hermosa, donde se enjugan y secan y derriten más jalbegues que sus faldas.

Desconfiadas de sus personas, cuando quieren halagar algunas narices, luego se encomiendan a la pastilla y al sahumerio o aguas de olor, y a veces los pies disimulan el sudor con las zapatillas de ámbar. Dígote que nuestros sentidos están en ayunas de lo que es mujer y ahítos de lo que le parece. Si la besas te embarras los labios; si la abrazas, aprietas tablillas y abollas cartones; si la acuestas contigo, la mitad dejas debajo la cama en los chapines; si la pretendes te cansas; si la alcanzas te embarazas; si la sustentas te empobreces; si la dejas te persigue; si la quieres te deja. Dame a entender de qué modo es buena, y considera agora este animal soberbio con nuestra flaqueza, a quien hacen poderoso nuestras necesidades, más provechosas sufridas o castigadas que satisfechas, y verás tus disparates claros. Considérala padeciendo los meses y te dará asco; y cuando está sin ellos acuérdate que los ha tenido y que los ha de padecer, y te dará horror lo que te enamora. Y avergüénzate de andar perdido por cosas que en cualquier estatua de palo tienen menos asqueroso fundamento.

Fin del mundo por de dentro.

Libros a la carta

A la carta es un servicio especializado para
empresas,
librerías,
bibliotecas,
editoriales
y centros de enseñanza;
y permite confeccionar libros que, por su formato y concepción, sirven a los propósitos más específicos de estas instituciones.

Las empresas nos encargan ediciones personalizadas para marketing editorial o para regalos institucionales. Y los interesados solicitan, a título personal, ediciones antiguas, o no disponibles en el mercado; y las acompañan con notas y comentarios críticos.

Las ediciones tienen como apoyo un libro de estilo con todo tipo de referencias sobre los criterios de tratamiento tipográfico aplicados a nuestros libros que puede ser consultado en Linkgua-ediciones.com.

Linkgua edita por encargo diferentes versiones de una misma obra con distintos tratamientos ortotipográficos (actualizaciones de carácter divulgativo de un clásico, o versiones estrictamente fieles a la edición original de referencia).

Este servicio de ediciones a la carta le permitirá, si usted se dedica a la enseñanza, tener una forma de hacer pública su interpretación de un texto y, sobre una versión digitalizada «base», usted podrá introducir interpretaciones del texto fuente. Es un tópico que los profesores denuncien en clase los desmanes de una edición, o vayan comentando errores de interpretación de un texto y esta es una solución útil a esa necesidad del mundo académico.

Asimismo publicamos de manera sistemática, en un mismo catálogo, tesis doctorales y actas de congresos académicos, que son distribuidas a través de nuestra Web.

El servicio de «libros a la carta» funciona de dos formas.

1. Tenemos un fondo de libros digitalizados que usted puede personalizar en tiradas de al menos cinco ejemplares. Estas personalizaciones pueden ser de todo tipo: añadir notas de clase para uso de un grupo de estudiantes, introducir logos corporativos para uso con fines de marketing empresarial, etc. etc.

2. Buscamos libros descatalogados de otras editoriales y los reeditamos en tiradas cortas a petición de un cliente.

www.ingramcontent.com/pod-product-compliance
Lightning Source LLC
Chambersburg PA
CBHW020611130626
46552CB00007B/3146